화이트 아웃

문장 시인선 003

황야도 아웃

강만수 시집

도서
출판 문장

▶시인의 말

사람이 다가왔다 아니
사람을 닮은 기계들만 보인다

사람은 너무 먼 곳에 있는 까닭에

2017년 봄
강 만 수

▶ 차례

2부

3부

4부

1

頓悟頓修

콩이 있다 空에서 또 다른 검정콩으로 空을 향해
청동하늘소가 있다 청동하늘소에서 또 다른 범하늘소
팥이 있다 팥에서 또 다른 붉은 팥으로 팥을 향해

왕팔랑나비가 있다 왕팔랑나비에서 또 다른 물결나비
노랑무당벌레가 있다 노랑무당벌레에서
또 다른 칠성무당벌레를 향해

禪이 있다 禪에서 또 다른 頓悟에 이끌려
點이 있다 點에서 또 또 다른 頓修를 향해 묵묵히 걸어간다
쿵이 있다 쿵에서 지축을 울리는 또 다른 쿵을 향해 쿵 쿵 쿵

끝이 보이지 않는 迷悟를 초월한 그 길로 들어서기 위해
간다 가고 있다 또다시 간다 간다 가고 있다 간다

입을 굳게 다물고 실천가능한 點 點 點 行의 길로

인공지능

인간을 닮은 로봇이 있다 로봇에서 변형 된 색다른 로봇으로
주인의 생각을 읽는 인공지능 여비서가 있다
비서에서 또 다른 비서를 통하면
새로운 세계가 있다 그 세계에서 너무도 다른 괴이한 세계로

인간들이 경험 해보지 못한 끝이 보이지 않는 자욱한 안개가 깔린 것 같은
그 길의 초입에 인류는 멀지 않은 미래에 들어서게 된다
그 중심부에 서게 되면 마천루가 즐비한 도심에서
무력한 인간은 기계들의 움직임에 대처를 빠르게 할 수 없지만

인류가 창조한 무생물인 기계들은 신속한 전송을 통해
실시간으로 공급받은 다양한 지식들을
서로 다른 무수한 컴퓨터들과 공유해 새로운 세계를 열어나간다

전 부분에서 무한확장성을 띤 인공지능들이 초고속으로 진화하고 있다
사람보다 지능이 높은 그것들이 지구의 모든 인간들을 곧 지배하게 될까

앞으로 그들과 사람과의 차이는 무엇으로 어떻게 구분 할 수 있을지
모호하다 하지만 입을 굳게 다물고 무언가 기계가 할 수 없는
인류가 한 발 앞서 나갈 수 있는 창의적인 신세계를 찾아야 한다
극소수의 인간만이 두드리게 될 그곳엔 가보지 않은 섬뜩함이 있다

하지만 두려움을 지울 수 있는 그 길을 누군가 열어 나가야 한다
나는 無爲에서 봤다 전원을 껐다 다시 켤 수 있는 인간이 설 수 있는
미래 공간을

신인류 건설

신인류 아파트 103호 14미터를 1400미터로 키우고 싶어요
신인류 아파트 104호 28미터를 2800미터로 키우고 싶어요
신인류 아파트 105호 42미터를 4200미터로 키우고 싶어요
신인류 아파트 106호 56미터를 5600미터로 키우고 싶어요
신인류 아파트 107호 70미터를 7000미터로 키우고 싶어요

키우고 싶어요 키우고 싶다
욕망을 무한 확대해 오대양 육대주로 뻗어 나가고 싶어요

키우고 싶다 일류기업으로
그러다 잠시 주춤했으나 포기할 수 없어
다시 신인류 아파트를 지을 수밖에 없어 밤낮으로 짓고 또 지었다
쉼 없이 지어 나갔다

초일류를 향해

존재인간

사회적 공간이 있다 그 곳은 사회적 공간이 아니다
바로 알 수 있다 그 장소가 사회적 공간이 아닌 건
무량수전이 있다 그 밑자리는 무량수전이 아니다
이내 알 수 있다 그 자리가 무량수전이 아닌 건
대도시가 있다 그 터는 대도시가 아니다
곧바로 알 수가 있다 그 장소가 대도시가 아닌 건
그 이유는 우리가 그 땅이 사회적 공간인지 무량수전인지 대도시인지
평소 알고 있었기 때문이다
그런 연유로 우리는 주변사물들을 바로 구분할 수가 있다
그 위치들을 골라내 판별할 이유가 전혀 없음에도
사회적 공간이다 무량수전이다
대도시라고 우리 모두는 정의를 내린다
왜 우리는 그런 곳들에 사회적 공간이다
무량수전이다 대도시다며 갑론을박 하는 걸까
논쟁은 피곤하며 소모적이고 매우 지친다
그런 연유로 내 안에 든 생각들을 지금 이 시간부터 지운다
존재하지 않기 위해 모조리 삭제해 나간다
하고 싶은 일만 하는 건 자유가 아니라고 해도
나는 나 자신이 원하지 않는 일은 하지 않고
앞으로는 하고 싶은 일만 할 것이다

둔갑술

공작이 나타났다 그 남자가 공작이 됐다
바다오리가 나타났다 그 여자가 바다오리가 됐다
풀색명주딱정벌레가 나타났다 그 남자가 딱정벌레가 됐다
큰실베짱이가 나타났다 그 여자가 베짱이가 됐다
꼬리명주나비가 나타났다 그 남자가 나비가 됐다
모차르트가 나타났다 그 여자가 모차르트가 됐다
큰줄날도래가 나타났다 그 남자가 날도래가 됐다
청줄하늘소가 나타났다 그 여자가 하늘소가 됐다
긴날개여치가 나타났다 그 남자가 여치가 됐다
동해바다가 나타났다 그 여자가 동해바다가 됐다
북방보라금풍뎅이가 나타났다 그 남자가 풍뎅이가 됐다
만다라가 나타났다 그 여자가 만다라가 됐다
사이보그가 나타났다 그 남자가 사이보그가 됐다
증기기관차가 나타났다 그 여자가 증기기관차가 됐다
무언가 그 무엇인가가 그 남자와 여자 눈길을 끌었다
시로 잡아 둘 수 없는 시로 잡아 둘 수밖에 없는 것들을

화이트아웃

ㄱ이 나타났다 ㄴ은 사라졌다 ㄷ이 나타났다 ㄹ이 사라졌다
A가 나타났다 B는 사라졌다 C가 나타났다 D가 사라졌다

ㄱㄱㄱㄱㄱㄱㄱㄱㄱㄱㄱㄱㄱㄱㄱㄱㄱㄱㄱㄱㄱㄱㄱㄱㄱㄱㄱㄱㄱㄱㄱ
ㄴㄴㄴㄴㄴㄴㄴㄴㄴㄴㄴㄴㄴㄴㄴㄴㄴㄴㄴㄴㄴㄴㄴㄴㄴㄴㄴㄴㄴㄴㄴ
ㄷㄷㄷㄷㄷㄷㄷㄷㄷㄷㄷㄷㄷㄷㄷㄷㄷㄷㄷㄷㄷㄷㄷㄷㄷㄷㄷㄷㄷㄷㄷ
ㄹㄹㄹㄹㄹㄹㄹㄹㄹㄹㄹㄹㄹㄹㄹㄹㄹㄹㄹㄹㄹㄹㄹㄹㄹㄹㄹㄹㄹㄹㄹ

AAAAAAAAAAAAAAAAAAAAAAAAAAAAAAAAAAAAAAAAAA
BBBBBBBBBBBBBBBBBBBBBBBBBBBBBBBBBBBBBBBBBB
CCCCCCCCCCCCCCCCCCCCCCCCCCCCCCCCCCCCCCCCCC
DDDDDDDDDDDDDDDDDDDDDDDDDDDDDDDDDDDDDDDDDD

ㅁ이 나타났다 ㅁㅁㅁㅁㅁㅁㅁㅁㅁㅁㅁㅁㅁㅁㅁㅁㅁㅁㅁㅁㅁㅁ
ㅂ이 사라졌다 ㅂㅂㅂㅂㅂㅂㅂㅂㅂㅂㅂㅂㅂㅂㅂㅂㅂㅂㅂㅂㅂㅂ

대지 위 난반사 된 빛은 깜박이며 나타났다 일순간 사라진다
ㅅㅅㅅㅅㅅㅅㅅㅅㅅㅅㅅㅅㅅㅅㅅㅅㅅㅅㅅㅅㅅㅅㅅㅅㅅㅅㅅㅅㅅㅅ
순백의 눈밭에 의문부호를 남긴 채 ??????????????????????????

* 화이트아웃 : 심한 눈보라와 눈의 난반사로 주변이 온통 하얗게 보이는 현상.

블랙 스타킹

개가 좋아 개가 좋아 개가 좋아 개가 좋아 개가 좋아 개가 좋아좋아
고양이가 좋아 고양이가 좋아 고양이가 으응 좋아 고양이가 좋아좋아
알파고가 좋아 알파고가 좋아 알파고가 좋아 알파고가 좋아좋아 좋아
노랑딱새가 좋아 노랑딱새가 좋아 노랑딱새가 좋아 노랑딱새가 좋아
대도시가 좋아 대도시가 좋아 대도시가 좋아 대도시가 좋아좋아좋아
강이 좋아 강이 좋아 강이 좋아 강이 좋아 강이 좋아 강이 좋아좋아
커피가 좋아 커피가 좋아 커피가 좋아 커피가 좋아 커피가 좋아좋아
블랙 스타킹이 좋아 블랙 스타킹이 좋아 블랙 스타킹이 좋아좋아좋아
낡은 검정구두가 좋아 낡은 구두 좋아 구두가 좋아 낡은 구두가 좋아
흐린 날씨가 좋아 흐린 날씨가 좋아 비 내리는 흐린 날씨가 좋아좋아
아이보리 비누가 좋아 아이보리 비누가 좋아 아이보리 비누가 좋아좋아
손목시계가 좋아 금장손목시계 좋아 손목시계가 좋아 시계가 좋아좋아
카카오톡이 좋아 페이스북이 좋아 좋아 인스타그램이 좋아 좋아 좋아
좋아수많은좋아속에살면서정작무엇이좋은건지모르면서좋아를외치는그들

우주비행선

우주선 안에서 따뜻한 손이 튀어 나왔다
우주선 안에서 시커먼 눈알이
우주선 안에서 하마 네 마리와 코끼리 두 마리
우주선 안에서 독수리 두 마리가 나왔다
우주선 안에서 한 송이 무궁화가
우주선 안에서 총을 버린 러시아병사가
우주선 안에서 흑두루미가 코로로 코우 하며
우주선 안에서 술패랭이꽃이 천천히 걸어 나왔다
우주선은 뭘까 우주선에 대해 생각하다
우주선 안으로 나를 밀어 넣었다
그러다 나 자신이 그것들 모두를 내 안에 넣고
아니 거대한 우주선 그 자체를

우주선은 뭘까 우주선을 상상하면 모든 생명이 튀어나온다
우주선은 미래로부터 올 노아의 방주인 걸까

結跏趺坐

밖에는 시가 내린다 詩非 詩非 하면서 시가 내린다
밖에는 꽃이 내린다 시꽃 시꽃 하면서 시가 내린다
밖에는 눈이 내린다 눈시 눈시 하면서 시가 내린다
밖에는 비가 내린다 非詩 非詩 하면서 시가 내린다
밖에는 새가 내린다 새시 새시 하면서 시가 내린다
밖에는 밤이 내린다 밤시 밤시 하면서 시가 내린다
밖에는 불이 내린다 不詩 不詩 하면서 시가 내린다
밖에는 별이 내린다 別時 別時 하면서 시가 내린다
날숨과 들숨의 미세한 멈춤과 가락 새 시가 내린다
결가부좌 하게 되면 그에겐 삼라만상이 詩로 보인다
모든 사물이 詩 아닌 게 없는 모든 것들이 詩詩詩다

Moonshot

오늘도 저 파란 달 노란 달 검정 달 불그스름한 둥근달 바라보다
우주에서 쏜 레이저 광선 같은 파란 달빛을 손바닥으로 불러들여
그 빛을 타고 명왕성과 해왕성 토성과 수성 목성 등을 향해 간다
빛보다 수십만 배 빠른 속도로 그 곳에서 펼쳐질 또 다른 세계를
내 머릿속에 담고 눈앞에 실현하기 위해 지금도 빛을 디자인 한다
미래에서 오고 있는 어느 순간 급작스럽게 우리 모두에게 다가설
찰나의 빛을 받아들이기 위해 별빛을 주시하다 강렬한 빛 안으로
뚜벅뚜벅 걸어가 언젠가 그가 기획해 몇 몇 사람이 설계한 도시가
그와 내 안에서 튀어나와 황홀한 그 모습을 짜짠 드러내게 될 때까지
저마다 심장에서 솟구쳐 역동하는 피의 흐름을 빼닮은 우주를 향해
로켓을 쏘자 쏵 올리자 맹렬하게 쏴야 한다 쉼 없이 쏘자 별을 찾아
무겁다거나 혹은 가볍게 별이 나를 생각하든 내가 별을 쫓아 사유하든
비현실적이란 생각을 지우고 네가 천체를 떠돈다고 해도 전혀 관계없이
강한 실천력을 키워 나간다 저 하늘을 개척해 세우게 될 이상향을 위해

* Moonshot: 달을 향해 발사 된 아폴로 11호가 1969년 달 착륙에 성공
한 것처럼 인류에게 신세계를 펼쳐 보이겠다는 의미임.

눈맛

나는 먹었다 카페 소파에 앉아 커피를 마시고 있는
붉은 태양빛 닮은 여자의 입술
너도 먹었다 미용실에서 머리를 다듬고 있는
짧은 치마 사이 살짝 드러난 코로나를 닮은 미용사 다리

나는 먹었다 법당에 앉아 고요 속에서 목탁을 두드리는
맨질맨질한 수행자 머리
너도 먹었다 그 얼굴 속 들어있는 또 다른 욕망

나는 먹었다 햇빛 사이로 어슬렁어슬렁 걸어오는
밀짚모자 차양 같은 아름다운 테를 지닌 목성
너도 먹었다 그늘 사이로 몸을 숨긴 염소 두 마리

나는 먹었다 마이크를 잡고 노래를 부르고 있는
비틀즈의 예스터데이
너도 먹었다 사파이어목걸이를 목에 걸고 있는 긴 목과
그와 나 그대로부터 가장 멀리 떨어져 있는 명왕성

나는 먹었다 장미 향기에 취해있는 여자의 오뚝한 코
너도 먹었다 헬멧을 쓴 채 길거리를 배회하는 사내의 눈

눈은 수많은 여자와 사내를 바라보다
그것들을 잡아먹었다 아니 눈심지가 풀려 잡아먹히고 있다

희망

모자를 냄비에 넣고 끓이지 마세요
어항을 냄비에 넣고 끓이지 마세요
새장을 냄비에 넣고 끓이지 마세요
구두를 냄비에 넣고 끓이지 마세요
전화를 냄비에 넣고 끓이지 마세요
달력을 냄비에 넣고 끓이지 마세요
코털을 냄비에 넣고 끓이지 마세요
나팔을 냄비에 넣고 끓이지 마세요
화분을 냄비에 넣고 끓이지 마세요
바람을 냄비에 넣고 끓이지 마세요

끓이지 마세요 끓이지 마세요 마세요
그것들 모두를 팔팔 끓이지 마세요

저는 배가 고프지 않아요
참으로 진정이에요
절망이 아닌 희망을 보고 싶을 뿐이에요

사실이다

사흘 밤낮을 의자에 앉아 있다
하지만 왜 그래야 하는지 잘 모른다
주위 사람들은 알려고 노력하지도 않았고
굳이 알아야 할 이유도 없었으며
알고 싶어 하지도 않았던 건 사실이다
그러나 단 한 사람 늙은 상인은 그 연유를 알고 싶어
지치지도 않고 묵묵히 기다리는 걸 알 수 있었다
귤껍질 같은 미소로 시간을 견디는 예언자처럼
귀로 듣지 않아도 들리고
상상하지 않아도 그려지는 華嚴세계

正陽

핀이 하늘에서

대못

가시

시침

바늘

철사

날카롭고 뾰족한 그것들이 내린다
비처럼

너와 나 우리들 모두의 가슴팍에 꽂힌다
따가운 햇살이 내리박히고 있다

원의 상징

눈을 질끈 감았다 새빨간 눈 감았다 눈 감고 아래로 슉 내려가고 있다
중심에서 밖으로 치뻗어 나가려는 모습에 파란 색 눈은 저절로 감겼다
중심에 무엇이 있는 걸까 가운데로 주변에 있는 사물들이 우 몰려든다
그러다 아래로 끝없이 떨어지는 동안 눈을 꼭 꼭 감았다 눈 감고 있다
비좁게 느껴진다 음 음 아주 좁게 느껴져서 견딜 수 없을 정도로 좁다
넓은 곳이 아닌 좁은 공간 나는 인공자궁 속에 들어 있는 걸까 그렇다
나무와 새가 보이는 온갖 장식들로 가득한 방에서 부정이 아닌 긍정으로
커다란 유리병 안 꿈틀 잠에서 깬 걸까 아님 아직까지도 잠에서 안 깨
개구쟁이 장난질 같은 모습으로 팔다리를 쭉 내민 채 잠에 빠져든 걸까
가까운 곳에서 먼 곳으로 오고 있다 좁은 곳에서 넓은 곳을 향해 나간다
눈을 감았다 바로 눈을 떴다 그래 눈을 뜬 채로 슉 슈 슉 슈 슈 내려간다
그러다 다시 또 또 둥근 세계로 가는 길을 찾기 위해 언덕을 오르고 있다
눈을 감았을 때와 눈을 떴을 때 올라갈 때와 내려갈 때 그 차이는 무엇일까
머리를 침대에 처박고 주먹을 불끈 쥐었다 하지만 그들은 몰라요 단호하게
내가 무의식 세계를 그리워하는지 아님 나의 맘이 하나로 둥글게 될 시기를

마음 컵

마음을 컵에 담았다 작은 컵에 담았다가 자주색 큰 컵에 옮겨 담았다
마음을 주걱으로 퍼 밥그릇에 담았다 큰 밥그릇과 노란색 작은 그릇에
마음을 주전자에 담았다 작은 주전자에 담았다 공작석색 큰 주전자로
마음은 용기에 담을 때마다 또 다른 마음이다 심중은 시시때때 바뀐다
마음은 용기에 맞춰 자신의 마음을 조절 유연하게 몸을 굽히기도 한다
마음은 속심 이상도 그 이하도 아닌 겸허한 삶을 산다 살려고 노력한다
마음 아닌 다른 삶을 꿈꾸지 않는 내면에서 변하지 않는 순결함을 본다
오늘은 마음 컵에 어떤 본성을 담아볼까 궁리하다 마음을 정하지 못했다
행위와 대상이 하나가 되는 원융과 포용성 초월적 비전의 참 세계에 대해

문제인간

무엇이 문제일까 문화과학이 문제다 아니아니 옆 동네 인권사상가가
존재와 언어가 문제다 무엇을 바라봐도 그에겐 문제 아닌 게 없었다
3차 산업과 4차 산업 조울과 우울의 경계에서 고개를 숙인 채 서 있는
그는 문제다 기동타격대와 미미수족관 황금 빌딩들을 바라봐도 문제다
오월 햇빛을 받고 선 신호등 옆 알 수 없는 웃음을 키득거리는 사내
그로 하여금 끝없이 문제를 일으키게 하는 무거운 그 실체는 무얼까
술 취한 꽃과 술 취한 별과 술 취한 여자와 술 취한 늙은이들이 간다
그 앞에 그늘처럼 전혀 모습을 보이지도 않고 자신이 어떤 무엇이라고
정체를 드러내지도 않고 집요하게 그를 괴롭히는 신원불명 남에 대해
인간을 옥죄는 욕심은 고통임에 그에 따른 부작용을 스스로 감내하다
반지하방에서 어금니를 깨물며 당신은 깨어 있고 그는 그 방을 나왔다
노랑노랑 파랑파랑 하며 지나가는 고향을 떠나 먼 곳에서 온 그는 갔다
그가 생각하는 모든 문제는 무한행성으로부터 왔고 그는 안드로이드였다

鵬

한 마리 새가 내 눈 속으로 들어왔다
두 마리 새가 네 눈 속으로 들어갔다
세 마리 새가 내 눈 속으로 들어왔다
네 마리 새가 네 눈 속으로 들어갔다
다섯 마리 새 내 눈 속으로 들어왔다
여섯 마리 새 네 눈 속으로 들어갔다
일곱 마리 새 내 눈 속으로 들어왔다
여덟 마리 새 네 눈 속으로 들어갔다
한 마리 새 두 마리 새 세 마리 새
네 마리 새 다섯 마리 새 여섯 마리 새
일곱 마리 새 여덟 마리 새
내 눈과 네 눈을 뚫고 튀어나왔다
낙원을 향해 노래하며
노래를 부르며 날기 위해 멀리 날았다
청천을 날았다 날고 있다 난다
백년 이백 년 동안 날아 갈 것이다
앞으로도 쭈욱 지금도 날고 있다

영생머신

곧 다가올 어느 날 바이오 센터에서
죽어가는 노인을 영생머신 위 눕힌 뒤
배터리를 급속충전 하듯이
92년 된 쭈글쭈글한 세포를 소생시켰다
기계들이 전지전능한 신처럼
매우 꼼꼼하고 섬세한 감각으로
늙은 몸들을 젊은 몸으로 되돌리고 있다
1센터 사각형 A 머신과 B 머신
2센터 삼각형 C 머신과 D 머신
3센터 오각형 E 머신과 F 머신
4센터 둥근형 G 머신과 H 머신도 24시간 가동 중이다
오전 11시 현재 805920시간을 회생
권력자나 사회적 명망가 혹은 재력이 있는 이는
미래엔 죽게 될 일이 없게 된다
다음 세상은 돈이 없어 유죄
돈이 있어서 무죄도 아닌
부자들은 죽지 않는 삶을 맞게 될 것이다
인류역사상 볼 수 없었던 불평등한 세상이 보인다

自覺夢

내 아내 검정 머리카락은 구불구불 길다
나는 그 안에 몸을 숨길 수 있다

머리카락 뒤로 숨은 뒤
나는 그녀의 귀에 대고 낮은 목소리로 속삭였다

그곳에서 잠을 자고 싶다고
사람들이 보이지 않는 깊고도 아늑한 곳에서

사흘 밤낮을 깨지 않고 푹 자고 싶다고
어둔 밤 창밖으로 밤새도록 비 내리는 소리를 들으며

머리카락 속 꼭 꼭 숨어 나는 잠을 잔다
언제 잠에서 깰지는 나 자신도 알 수가 없다

털실꾸러미가 내 이마에 떨어지기 전까지
나는 잠에서 깨지 않고 계속 잠을 잘 것이다

여태껏 잠에 빠져 있다

네 개의 구멍

뚫어다오 뚫어다오 내 콧구멍
뚫어다오 뚫어다오 눈구멍을
뚫어다오 뚫어다오 내 귓구멍
뚫어다오 뚫어다오 똥구멍을
내 몸뚱어리 모두 뚫어다오
뚫고 또 뚫어서
바람과 눈비가 자유롭게 드나들 수 있게끔
뚫어다오 뚫어다오
격하게 뚫어다오

내 온몸이 뻥 뚫리게

無相三密

너는 모성이다 나는 원형 너는 물땡땡이다 나는 만병초
너는 무상삼밀이다 나는 에메랄드다 너는 맑은 거울이다
나는 겨울이고 너는 봄이며 나는 여름이고 너는 가을이다
너는 흰눈썹바다오리다 나는 대웅전이다 그리고 새파랗다
너는 불보살 나는 아름다운 적멸이고 너희들은 웃고 있다
너는 수성이다 나는 금성이다 너는 꽃밭이고 나는 마애불
너는 안거이고 나는 불보살이 아닌 따끈한 한 공기 밥이다
너는 갈라진 세모 나는 등불 너는 핼리혜성 나는 사원이다
나는 일신이고 너는 다신이며 너는 무형상이고 나는 일원상
나는 찰스 밍거스다 너는 생명의 언어고 나는 영적합일이다
나는 푸른 등을 봤다 너는 꽃을 봤고 그도 봤다 우리들 모두

無相三密: 마음 움직임이 부처의 심중과 하나가 되는 경지에 도달함을 일컬음.

은하계

사촌이다 외조카다 꽃이다 괴이한 들꽃이다 별이다 먼 별빛 푸르다
달이다 태양계에서 가장 가까운 곳에 있는 센타우스자리 알파별에
을씨년스럽게 스민 빛이고 상처다 뭔가 뻥 뚫린 것 같은 침묵이다
그곳에 생명이 있고 없고는 공허한 자주색 열매 입에 넣고 씹는다
손짓이다 발짓이다 손에 잡히지 않는 손짓이고 헛발질이다 그렇다
매미가 운다 맴맴 운다 맴 맴 맴 울고 있다 그 울음소리는 애처롭다
나와 발가락이 닮은 조카가 빛을 발하고 있다 손가락도 닮은 녀석은
아우성 속 우주인이다 지구인도 우주인이라고 생각하다 늘 비통했다
욕을 먹었다 거리와 공원에서 배가 터지도록 욕을 먹었다 먹고 있다
50억년 가까이 타오를 태양과 같은 거대한 항성이 2,000억 개 이상쯤
그 순간 파랗다 아니 노랗다 노르스름하다 뭘까 앞에 있다 뒤에 서 있다
옆으로 갔다 이리 왔다 저리로 몸 비트는 침대 위에서 봤다 호피무늬 팬티
푸른 강이다 유혹적인 여자다 근육질 남자다 쾅했다 쾅쾅쾅 가슴이 터졌다
하얗게 빛나는 작은 별처럼 네가 만든 내가 천천히 조립 중인 너를 끌어내
어둠을 끝냈다 그러다 거대한 은하계를 향해 누워있는 널 끝없이 밀어냈다

2

성스러운 문

너는 문을 닫았다 붉은 문이다
나도 문을 닫았다 노란 문이다
소년도 문을 닫았다 성스러운 문이다
소녀도 문을 닫았다 범부의 문이다
여자도 문을 닫았다 환상의 문이다
남자도 문을 닫았다 수행의 문이다
여자는 계단을 내려가 문을 닫았고
남자는 계단을 올라가 문을 닫았다
그렇게 문들은 닫혔다
언제 저 문들이 다시 열릴까
절망과 침묵을 지나 우주와 통합된
여기저기 우뚝 선 거대한 사원을 닮은
해탈의 문들이 열릴 때까지
문 앞에서 기다려볼까
두렵다 하지만 두려움을 밀어내고 앞으로 나가자

여편네처럼

툭툭 때린다 이마를 툭툭 때리는
툭툭 때린다 어깨를 툭툭 때리는
툭툭 때린다 가슴을 툭툭 때리는
툭툭 때린다 무릎을 툭툭 때리는
툭툭 때린다 발등을 툭툭 때리는

때린다 때린다 때린다
채찍을 든 여인처럼 때리고 말겠다며

때린다, 내리는 내린다 내린다 내리는

쏴아 쏴아 솨 솨
궁둥짝 내놓고 논둑에 주저앉아

여편네 두 셋이 오줌 싸듯
쏟아진다 비

뭄

뭄 밖에서 뭄 아닌 뭄으로 뭄에게
흐리 밖에서 흐리 아닌 흐리로 흐리에게
드히 밖에서 드히 아닌 드히로 드히에게
훔 밖에서 훔 아닌 훔으로 훔에게
탐 밖에서 탐 아닌 탐으로 탐에게
속도 밖에서 속도 아닌 속도로 무제한속도에게
동전 밖에서 동전 아닌 동전으로 백동전에게
치과 밖에서 치과 아닌 치과로 김 치과에게
지구 밖에서 지구 아닌 지구로 지구별에게
같지 않은 또 다른 세계를 열어본다

옴 무니 무니 마하 무니에 스바하
옴 마니 파메 훔
옴 와기 스바리 뭄
옴 바즈라 파니 훔
옴 타라 투타레 투레 스바하

* 뭄: 부다 흐리: 관세음보살 드히: 문수보살 훔: 금강역사 탐: 타라.

은밀한 냄새

창유리와 흰 식탁과 벽 곳곳에 밴 돼지고기 굽는 흐 냄새
콩기름과 들기름 냄새 김치찌개와 된장찌개도 큭 지우자
오전부터 오후까지 열한 시간 동안 쉬지 않고 음 치웠다
문을 열고 닦았다 이 냄새 저 냄새 온갖 냄새들로 뒤섞인
체취를 문 밖으로 날려 보내기 위해 걸레를 들고 크 훔쳤다
여자와 남자들 은밀한 시간까지도 모두 다 훌 훌 털어냈다
네 손길로 인해 하얗게 흰 칠을 한 벽들이 드러날 때까지
전에 이곳에서 머물렀던 다수의 술 취한 사내들과 계집들
빙초산과 토악질 닮은 숨 쉬는 얼굴들을 코를 막고 쳐냈다
앞으로도 과감히 닦고 쓸어내면서 묵은 시간을 끊을 것이다
영양가 없는 허울만 단골인 자들과의 관계 역시 잘라내면서

사이

사이에는 사이가 있다 사유라는 사이가 있다
사이엔 사이가 있다 목성과 천왕성 사이가 있다
사이에는 사이가 있다 총구를 겨누는 사이가 있다
사이엔 사이가 있다 의사와 환자 사이가 있다
사이에는 사이가 있다 덧칠과 빈틈 사이가 있다
사이에는 사이가 있다 변방과 중심 사이가 있다
사이엔 사이가 있다 75번지와 76번지 사이가 있다
사이에는 사이가 있다 왕조와 왕조 사이가 있다
사이에는 사이가 있다 정말로 사이좋은 사이가 있다
그러나 틈이 벌어진 서먹한 사이도 있다

초대

눈을 감고 생각했다 나는 그를 식사에 초대한 일이 없다
그도 나에 대해 생각했다 눈을 치뜨고 생각했다고 한다
그가 나를 친구들과의 식사자리에 정중하게 초대했기에
유리조각 같은 강렬한 눈빛을 받아내며 나는 그와 함께
식탁 위 가지런히 놓인 나이프와 포크를 들고 스테이크를
썰고 있는 나를 생각했다 그래 나는 가능하다면 고기대신
손에 쥔 나이프를 들고 유들유들한 사내 낯짝을 썰고 싶다
우아한 분위기의 레스토랑에 앉아 천천히 썬다 썰어본다
그 눈알과 코 귀 팔과 다리 엉덩이 살을 포함 뱃살까지도
다 썰어본다 썰고 있다 썰게 될 꿈을 꿔본다 그날을 위해
칼을 들고 써는 연습을 부단히 쉬지 않고 한다 해내고 있다
하게 될 것이다 반드시 썰게 된다고 나 자신을 믿기로 했다
흐린 눈썹 같은 시간들을 엷게 저며 내면서 현재를 견딘다.

헛것

급작스립세 혓바닥을 씹었나
이빨 경계선을 순간 넘어서
붉다 검붉은 피
입 안 가득 받아들일 수 없는 고통으로 인해

눈앞에 별이 보인다 핑 핑 핑

누군가의 칼에 옆구리를 찔린 것 같다

그러나 항복할 수 없다
견뎌야만 한다 지금 이 순간을

쾅 쾅 空

알아차리지 못했다 알아차리기 위해 끝없이 노력했지만
알아차리기 위해 애쓰며 왜 알아차려야만 하는지 모른다
알아차려야 하는 이유를 제대로 알기 위해 깨닫기로 했다
그러나 여직까지도 알아차리기 위한 노력만 계속하고 있다
?? ?? ?? 알아차리지 못하고 있다 내 안에서 알아차리기
반드시 알아차려야 한다 알아차리기 위해 으음음 노력하자
반응이 없다 하지만 반응을 위해 알아내기를 크 알아차리자
空하다 외적 현상세계 空하다 空하다 쿵 空하다라고 외친다
이것은 저기 저 천천히 굴러오는 저것은 응 무엇일까에 대해
空卽是色이다 空空卽卽是是色色으로 오고 있는 실체는 뭘까
욱하고 깨닫지 못한 空이다 쾅 쾅 쾅 쾅 空空空空空 공이다

五色線

의자가 삐걱거리고 있다 五色線이 삐걱거린다 남자도 삐거걱
一體佛이 삐걱거리고 있다 자동차 트렁크가 삐거더덕덕거린다
내 마음속에서 제자에게 부치지 못한 편지가 삐걱삐걱 삐삐걱
만다라가 삐걱거린다 손목이 삐걱거린다 발목이 삐걱삐걱삐걱
이층 나무계단이 삐걱삐걱삐걱 스탠드 불빛이 삐걱삐걱 삐거덕
우파니샤드가 삐걱삐걱 항구의 배들과 바람이 삐걱삐걱 삐거걱
낡은 침대가 삐걱삐걱 삐거덕 침실에 걸어둔 거울이 삐걱삐거걱
성악가 목소리가 삐걱삐걱 배꼽춤 추는 무희의 허리가 삐걱삐걱
찬드라 왕조가 삐걱삐거덕 여관집 전등과 장기판 위 졸들이 삐걱
세상 모든 사물들은 삐걱삐거덕 거리며 돈다 오늘도 삐걱삐거더덕
국회에서 기업에서도 임마누엘 교회에서 관공서에서도 삐걱삐거걱

탈색

머리카락이 음 건조하다 으음 오른쪽 귀에 와 닿는 머릿결도 뻣뻣하다
지금은 몇 음절도 기억이 나지 않는 문학바위 겨울 호에 실린 시처럼
텅 빈 텅 텅 텅 텅 빈 머리통에서 자라나는 머리카락은 매우 건조하다
단 한 번도 믿음을 주지 못한 지나간 계간지에 실린 몇 편의 시들은
누군가에게 쫓기는 것 같다 아니 내쫓기며 비명을 마구 지르고 있다
다른 구석이 없는 특별하지 않은 특별할 게 전혀 없는 탐심으로 인해
ㅎㅎㅎㅎ ㅍㅍ 엉망이다 손가락으로 고등어 눈알을 쿡 찌르는 기분이다
ZZZ ZZZ ZZZ ZZZ ㅊㅊ ㅊ ZZ ZZZ ZZZ V 빛에 바래 날깃날깃하다.

평온한 순간

네 마리 개들이 그 중 다른 한 마리 개에게 달려들어 개를 물어뜯고 있다
살점이 뜯긴 측은한 몰골의 시뻘은 살갗이 그대로 드러난 검정 닥스훈트
공격을 당하고 있는 개는 자신을 방어하기 위해 왕왕 그러다 낑낑 깨깨 깽
제대로 피하지도 못한 채 길바닥에 피를 질질 흘리며 마구 물어뜯기고 있다
어느 날 길가에서 본 몇 마리 비둘기가 다른 한 마리를 부리로 마구 쫘댄다
봄볕을 쪼고 있는 걸까 처음엔 가느다란 봄 햇살을 톡톡 쪼고 있는 것 같았다
그러다 피가 튀었다 눈가와 부리에 시뻘은 피 피 피 피 햇살이 마구 튀고 있다
떼로 몰려들어 한 마리 검정 비둘기를 무차별 공격 하고 있는 멈추지 않는 행위
피투성이 된 저 모습은 뭘까 적자생존일까 내가 알지 못하는 그 뭔가가 있는 건지
경찰순찰차가 지나가는 걸 바라보며 레오나르도 카페 의자에 앉아 평온해진 순간
삶을 조롱하는 결코 친절하지 않은 긴 공포를 빼닮은 시간 앞에서 무력한 나를 봤다

배신

탱크와 전투기가 땅속으로 들어가고 있다

탱크는 남동쪽으로 방향을 잡고
전투기는 동북 방향으로

조직에서 빠져 나가겠다며 자유를 달라며 왜쭉거리던
탱크와 전투기는

왼쪽 탱크가 먼저 아니 오른쪽 전투기라며
왼쪽 탱크가 아니 오른쪽 전투기라고 다투며

회색 탱크와 녹색전투기는 깊은 땅속을 향해
조직은 탱크와 전투기를 내치지 않았는데

조직에서 빠져나온 그것들은 직속상관을 배신한 뒤
저만 살겠다고 내뺀다

도망병처럼.

五原色

너는 오늘 네 파랑과 우울 사이
연회색 답답함을 뛰어 넘어 그 침울함에 깊이 빠진

초록 눈알에게 물었다 회색 눈알에 대해
붉은 그림자도 우울에게 물었다 묻고 또 물었다

완성시킬 수 없는 검정 우울에 대해
눈이 너를 물끄러미 바라보고 있다 영원한 미완

눈이 오색 눈알을 굴리고 있다
무겁다 답답하며 찌뿌듯해 완성 시킬 수 없는 남색 우울과

그럼에도 눈사부랭이에 씨앗을 흩뿌리는
보라색 우울에도 씨를 마구 뿌리고 있는 투박한 손에 대해

오늘 눈은 팔다리와 벌린 입과 마음눈알을 뛰어 넘어
파랑눈알을 완성 시킬 수 있을까

靑 赤 黑 白 黃이 보이는 세계

블랙 룸

房 위에는 방 방 방 방 방
아래층에도 방 방 방 방 방 방 방 방
방이 있다 사각형 방
방이 있다 위층에도 방 방 방 방 방 방 방 방
방이 있다 방아래 방 방 방 방 방 방
房을 벗어날 수 없다
아무리 몸부림쳐도 칠흑 같이 어두운 방에서 벗어날 수 없는
머리 위로도 방이요 방 방 방 방 방
발아래도 방 방 방 방 방

늪 같은 빠져나올 수 없는
방은 방방 방 방 뛰어도 밖으로 나갈 수 없는
닭장 같은 방 안에 그와 나 우리 모두는 갇혀 있다
어디선가 전화벨이 울리고 있다 아니 울리는 것 같다

누군가 환하게 불 밝힌 채
구원의 키를 들고 방을 향해 오고 있는 걸까

너는 순결한 대리석 계단

너는 금강계 만다라다 나는 오팔색 벽시계다
너는 우주의 춤이고 나는 순결한 대리석 계단

마리 로랑생과 조르즈 브라크에 당신은 살아있고
히말라야 칸첸중가와 림포체에 당신은 부재중이며
마르크 샤갈과 크림트로 인해 당신은 죽었다

나는 그것들을 발로 찼다
당신이 살아있을 때 낯설게 느껴지던 화실에서
끝없는 하늘의 점을 닮은 석영색을 본 순간

쿵쿵쿵 쿵 쿵 쿵 쿵 쿵 특정한 방법도 융통성도 없이
심장이 격하게 뛰는 소리를 들었다
빨강빨강 검정검정 노랑노랑 빨강빨강
파랑파랑

조각가 로댕이 조각칼을 손에 쥔 채 뛰고 있다
탁구공처럼 튀고 있다 내 가슴속에서

造化

넌 열두 마디로 이뤄진 짐승
난 하나의 방파제
넌 차곡차곡 포개 놓은 두루마리 휴지
난 두 개의 등대
넌 열네 칸으로 짠 서가 대
난 세 마리 얼룩말
넌 여름이면 물을 뿜어 올리는 분수대
난 파랗게 녹이 슨 빨강 우산
넌 십 칠층 유리창
난 무대 위에서 노래 부르는 가수
넌 네 개 포대로 이뤄진 포병대대
난 누굴까
누구인지 밝힐 수 없는
후 훗 말할 수 없다
왜 모를까 마음과 중생은 하나인 걸

망각

봄처녀나비 똥구멍에 걸려 있다 옆집 동생이
산굴뚝나비 귓구멍에 걸려 있다 죽은 네 삼촌이
남방오색나비 콧구멍에 걸려 있다 직장동료가
어느 날 그들은 삶이 끝났다
그는 더 이상 그들을 기억하지 않았다
기억할 이유가 없다

虛靜

거대한 붕새가 동신한방병원을 입에 물고 하늘로 사뿐 날아올랐다
삼정디지털 병원이 하늘로 날아오른 새를 쫓아 새를 콱 움켜쥐었다
혹등고래 한 마리가 호랑이 두 마리를 입에 물고 훌쩍 날아올랐다
구로해내리 병원이 하늘로 날아오른 고래를 쫓아서 고래를 삼켰다
그뿐이다 그것들은 그렇게 홀연히 사라졌다 또는 바로 잡아먹혔다
새를 생각한다 병원을 의식한다 고래를 생각하다 호랑이를 씹었다
닭을 잡을 때처럼 집에서 기르던 양과 개 멱을 딸 때처럼 부담 없이
하늘이 파랗게 매우 좋은 날 그것들을 잡았다고 생각했다 망나니답게

빨간 항구

예쁜 시계 귀여운 미장원 어여쁜 항구와 새
그리고 한 척 두 척 세 척 넷 다섯 척의 배
갈매기 열다섯 마리 예쁜 벽돌집 군청색 입술
어여쁜 카페 고혹적인 여자
나는 몰라 예쁘다는 말 그도 몰랑 예쁜 말들을
불량배처럼 길바닥에 침을 찍찍 뱉어대는

방파제에 부딪히는
죽었다가 되살아나는 저 파도

Job

아이는 집 앞 초등학교를
걸어서 다니고

아버지가 자전거로 삼십 분 걸리는
직장에 나간 뒤

할아버지는 연립주택 건너편에 세워진
노인정에 나간다

아침이면 그들 삼대는
함께 나와 서로 다른 길을 간다

비둘기

저 비둘기 죽이고 싶다
죽이고 싶은 죽일 것 같은

회색비둘기 검정비둘기 흰색비둘기
죽이고 싶은 곧 죽이게 될 것 같은

죽이자 구 구우 구 구 구구
정말로 죽이고 말 것 같은 비둘기 떼

하지만 생명은 소중한 것
함께 살 방법을 찾아야 한다

명보극장

그립다 그리운 지나간 배우들 이름을
지금 이 순간 나는 부르고 싶다

씹는 커플

여자는 귀를 입에 넣고 열여섯 번 씹었다고
남자는 녹색눈알을 입 안에서 잘근잘근
여자는 코를 일백 칠십 번
남자는 머리카락을 잘게 씹는다
여자는 입술을 일흔네 번째 씹고 또 씹고 있다고
남자는 손가락을 여든 세 번째
여자는 발톱을 발가락이 해질 때 까지
여자는 지금도 씹고 있다
여자는 씹는 행위를 멈출 수 없다고 한다
여자는 없다는 말밖엔 할 말이 없다
남자 또한 없다고 말한다
없다 없다고 지금도 말하고 있다
입이 있어도 내뱉을 말이 없어
입 안에서 씹고 또 씹기만 한다고

3

유행가

어느 날 몇 마리 오리가 죽는다는 말도 않고 죽었다
말이 되지 않았다 어떻게 삶을 끝낸다는 말도 없이

주인 허락을 받지도 않고 감히 뒈질 수 있는 걸까
죽은 오리의 목을 몇 차례 더 비틀면서 벌컥 화를 냈다

그러다 노래를 불러주고 싶었다 이미 숨이 끊어진 생명들에게
또는 며칠 전 죽은 오리들과 북극곰에게

네가 창가에 앉아 호흡이 긴 노래를 부르면
그 울림 속엔 모든 것들이 살아서 꿈틀거린다

당신은 반드시 노래를 깊이 음미하면서 길게 불러야만 한다
누군가 내 등 뒤에서 지금 한창 유행 중인 노래를 부를 때

북극곰이 그 자리에서 바로 죽었어도
북극곰 귀를 잡고 나는 살아있다 지금 이 순간 살아남았다고

나머지 삶은 음주가무를 즐기며 신나게 살겠다고 다짐한다

이상한 방편

신선한 계란 한 판과
상큼한 잇몸 열네 개 있나요

들국화 일곱 다발과
상냥한 웃음 열여덟 가지도

종일토록 땀을 흘린 노동의 계란과 들국화
깨끗한 숟가락과 밥그릇에 담길 오곡밥을 향해

벌써 다녀갔다고 그래 알았다

앞으로 나갔으니 이젠 뒤로 물러서야지

들뜬 목소리로 넘치는 힘을 주체 못한
항우처럼 力拔山氣蓋世로 살자

무료한 날들의 기억

흰꼬리수리를 봤지만 송어였다
컴퓨터를 켰는데 솔개가 날아들었다
푸른 소나무 뒤 서 있었는데
부전나비가 내 안에 있다
그것들이 눈앞에서 얼씬거리다 지나갔다

어제와 다르지 않은 하루를
오늘도 무심히 흘려보냈다

빛보다도 빠르게 지나간 것 같다

반역 혹은 번역에 대한 고찰

비슷하다 으음 비슷비슷한 이 삼연 11행의 정체는
번역이 제대로 되지 않은 투박한 독일어 시를 읽다
마구 상을 찌푸리며
게으름으로 인해 여자는 시에 대한 반역인지
제대로 된 번역을 꿈꾸는 건지
남자 역시 그런 걸까 나는 이 순간 혼란스럽다
여자도 복잡하다고 아니 아니다 그건 정녕 아니지
여자는 왜 그 사내를 자꾸 피하는 걸까
남자가 잘 번역이 되지 않아 여자도 모르겠다고
핑계 아닌 핑계를 심중에서 수차례 되뇌며
커피 몇 잔을 내리마시며 줄담배를 피운다
그 이유를 알지만 정확하게 알고 있지만
어쩔 수 없다고 낮은 목소리로 말했다
번역은 보이지 않고 반역만 보이는 연유로

19101930194019502000

1910년 대
1920년 대 눈이 내린다
1930년 대 비가 내린다
1940년 대 꽃이 내린다
1950년 대 별이 내린다
1960년 대 달이 내린다
1970년 대 창틀이 흔들린다
1980년 대 바람이 불고 있다
1990년 대 집을 지었다
2000년 대
또다시 시작이다 역사는 반복이다

변명

밤 시간에 고개를 처박고
너는 미련한 사람이 아니다
나도 모자란 사람이 아니라고
오늘 오후에 만났던 사내에게
무슨 말이든 했어야 한다고 생각했다
지금 막 그런 생각이 내 안에 들어왔다

은밀한 출구

날개가 아니다 바람이 아니다 모자가 아니다 해골이 아니다
영혼이 아니다 영산홍이 아니다 배꼽이 아니다 돈이 아니다
금색이 아니다 천사가 아니다 근육질이 아니다 꽃이 아니다
무당벌레가 아니다 저울이 아니다 홍다리조롱박벌이 아니다
입술이 아니다 공장장이 아니다 머리칼이 아니다 응 아니다
콩나물이 아니다 무사가 아니다 인공지능 자동차가 아니다
어둠이 아니다 일각수가 아니다 거울이 아니다 돌이 아니다
목수가 아니다 바구미가 아니다 유령이 아니다 새가 아니다
물구나무가 아니다 역이 아니다 곡예사가 아니다 응 아니다
식물이 아니다 광석이 아니다 땅벌이 아니다 연필이 아니다
등껍질이 아니다 거북이 아니다 카렐차페크가 아니야 아니다
장수풍뎅이가 아니다 사마귀가 아니다 큰기러기가 응 아니다
입구가 아니다 으잉 아니다 출구도 없다 은밀한 출구는 없다
그것들 모두는 나갈 수 없다 빠져 나갈 구멍이 없다 음 없다

돼지

자신들을 아무렇게나 땅에 파묻는
사람들을 뚫어지게 바라보던

그 눈초리엔

곧 터질 것 같은 노여움이 들어있다
강제로 땅에 묻혀 마구 버둥거리던

구제역 걸린 돼지 눈에는
화가 들어 있다

먼 곳에서도 느낄 수 있다
핏물 고인 찢긴 몸

그들 마음을 계속해서 거슬리게 되면
禍殃을 맞게 되지 않을까

천국의 문

남자 눈알을 뽑았다 여자 혓바닥을 씹었다

강남 남자 코를 찢었다 강동 여자 귀를 베었다

뽑고 씹고 잘라낸 뒤 눈도 없고 혀도 없고

귀도 없고 코도 없는

여자와 남자는 아무것도 없는 상태에서

둘만의 세계를 열었다 활짝 열어 젖혔다
더블베드에서

스마트폰

어두운 밤이면 목에다 이빨을 꽂고
마구 피를 빨아대는 드라큘라처럼
스마트폰은 모든 걸 앗아가는 걸까
강한 중독성을 지닌 기계에
잠시잠깐도 눈을 떼지 못하는 인간들에게
오늘도 빨대를 꽂고
그들의 귀중한 시간을 뺏고 있는
스마트폰은 또 다른 흡혈귀

펭귄

한 마리 펭귄수컷이 날아다닌다

두 마리 수컷도

세 마리 펭귄암컷과 함께

다섯 마리 암컷들과
그 옆 섬에서 건너온 열다섯 마리도 날고 있다

한 마리 수컷이 땅 위에 앉았다
두 마리 암컷도 내려앉았다

머릿속에서 그는 말이 전혀 안 되는
우스꽝스런 그림을 그렸다

뒤뚱거리며 걷는 모습 대신 날아다니는 삶을

관념

어깨를 내리누르는 봄볕에 다리가 무거워 오른쪽 다리를 잘랐다
왼쪽다리도 마저
어깨를 찍어 누르는 봄비에 팔이 무거워 왼쪽 팔을 잘랐다
오른쪽다리도 함께
춘곤증에 끄덕끄덕 졸다가 머리가 매우 무거워 목을 자르려다
긴 머리카락만 잘랐다

자르고 싶어 잘랐다 두툼한 언어의 살점도 자르고 싶어 자르기 위해
석둑석둑 잘라낼 수 있는
잘 벼려진 칼날이 시퍼렇게 선 칼을 들고 詩語를 자르고 있다 자른다
과감하게 미련을 남기지 않고 자른다
잘라내고 있다 쉼 없이 달라붙어 끈적거리는 언어를 잘라내고 있다
자르자 잘라내자

거추장스럽고 불필요한 모든 상념들을
숫돌에 슥슥 칼을 갈아

행복한 식당

식탁 위엔 포크와 나이프가 없고 접시가 없다
포도가 없고 돼지 발목이 없고 사과와 복숭아
식탁엔 방울토마토와 원숭이 머리통과 자두도
아들딸도 없고 조카도 없고 아내도
식탁엔 냅킨도 없고 환한 얼굴도 없고
붉은 소고기도 양고기와 오리고기
식탁엔 빵도 없고 밥도 없고 스파게티
조간신문과 애벌레도 없고 모차르트도
식탁엔 젓가락과 숟가락도 없고 이빨도
된장찌개와 배추김치 깍두기도
그것들은 나로부터 멀리 떨어져 있다
그는 식탁 앞에 앉아 채워지지 않는 허기와 싸우고 있다
건너편 행복한 식탁을 바라보며

어떤 행위

보지 말아야 할 것과 봐야만 할
찾지 말아야 할 것과 찾아야 될
먹지 말아야 할 것과 먹어야 할
참지 말아야 할 것과 참아야 될

듣지 말아야 할 것과 들어야만 하는
글이 되어야 할 것과 되지 말아야만 할
일상엔 소소한 담백함이 있다
그런 사물들은 아름답고 성스럽기까지 하다

비루함을 떨쳐낸 그 어떤 행위로 인해

말울음 소리

나무밑동에 혼자 매어져 있는
나와 눈빛을 마주친 검정 말 한 마리
수말은 비에 젖어 울음을 삼키고 있다
변하지 않는 저 속울음은
네 고뇌의 동반자인 것 같아
그 의미를 바로 알 수 없었지만
여러 생각은 지속적인 울림을 지닌 까닭에
끊임없이 영향을 받는 건 아닐까
수말은 그 눈동자 안 담고 있는 것 같은 번뇌로 인해
매우 고통스러워하는 것 같다
제주 사람 얼굴을 닮은 한 마리 말에서 느꼈다
살아오며 지나간 다른 모든 날들과
그동안 행한 내 모든 악업이
나 자신을 마구 꾸짖고 있는 것 같았다
설움에 겨운 그 몸짓으로 인해

무조건

도마뱀 씹을 까닭이 없다
방울뱀을 입 안에 넣을 이유는 더더욱 그렇다
하지만 도마뱀을 구워먹어야 할 때
도마뱀 같다고 말할까
방울뱀을 씹어야할 때도
방울뱀 같다고 말할까
아니다 배고플 땐
음식을 가리지 않는다

조건이 없다

검정딱정벌레 입처럼

저것은 시베리아다 그것은 옥편이다
나는 너 너는 나
갠지스 강은 양말이다 양말은 갠지스 강
엉컹퀴수염진딧물은 종소리다
종소리는 엉컹퀴수염진딧물일까
보육원은 열다섯 마리 부엉이
부엉이는 어린 아기 열다섯 명
네 생각은 그것이 아니고
내 뜻은 저것일 때
당신은 사람이 살지 않는 곳에 살고 있고
나는 사람이 사는 곳에 산다

검정딱정벌레 입처럼 나는 말하고 있다
말하기 위해 격렬하게 각을 세우고 또 세우며
세운다 세우나니

안개

토막토막 끊어진 시간
토막토막 열여섯으로 토막 난 시신
토막토막 잘라진 문장
토막토막 뱉어낸 목소리
토막토막 등 푸른 고등어 세 토막
서늘하다 새벽이 오고 있다
안개는 토막 난 도심 그 폐허를 딛고
토막을 낼 수도 없고 형체도 없는

그 어딘가로 빠르게 침투해 들어간다
짙은 안개는 특수부대원으로 구성된 걸까

일용할 양식

소 한 마리 두 마리 코를 자른 뒤
소 한 마리 두 마리 꼬리도
양 한 마리 두 마리 목을 자른 뒤
양 한 마리 두 마리 다리도
개 한 마리 두 마리 귀를 자른 뒤
개 한 마리 두 마리 발톱도
더 이상 자를 꼬리와 다리
발톱이 보이지 않을 때까지 자르고 또 잘랐다
가마솥에 집어넣고 국물을 우려내기 위해

이제 암소는 가고 없다
양도 가고 없다 똥개도 가고 없다
그것들은 모두 끝났다
그와 나도 끝난 걸까

천만의 말씀 만만의 콩떡
짐승들을 쓰러뜨린 뒤 그 머리통을 발아래 밟고

나는 잘 먹고 잘 산다 그와 나만 잘 산다

황금은행

은행을 털었다
銀杏을 털다 지구대에 끌려갔다

은행은 터는 것이 아니라
줍는 것이다
줍는 것이라며
순경에게 훈방 조치를 받았다

은행은 털어야 한다
하지만 아니다 아니라고 한다

발밑에 떨어진 은행은 주워야 하는 걸까
銀杏을 털다 은행에 대해 생각했다

이런저런 생각 없이
오늘은 발길질을 세차게 날려서라도
황금은행에 무단 난입해 銀杏을 무작정 털고 싶다

가격표

오천 원짜리 얼굴을 한 아줌마 만 원짜리 얼굴을 한 아저씨
오만 원 짜리 얼굴을 한 할머니
오천 원짜리 얼굴로 바지를 샀다 만 원짜리 얼굴로 조끼를 샀다
오만 원짜리 얼굴로 양복을 샀다
문 밖에서 서성이다 문 안 매장으론 들어서지도 못한 채
여성용과 남성용 오천 원짜리 바지를 들척이다 뒤돌아서는
오천 원짜리 바지 하나도 살 수 없는
뉘엿뉘엿 지는 해에 비친 고단한 얼굴들을 본다
유명 브랜드 상품 동나기 전에 냉큼 사세요란 현수막 걸어놓고서
얼른 살 수 없는 그 얼굴들을 마주 대하다보면
그들 얼굴은 그냥 오천 원 만원 이 만원 오만 원 짜리로 보인다
울부짖으며 무언가를 요구하는
기회를 달라고 말하는 것 같은 그들 이마엔 가격표가 붙어있다

별이 셋

냉장고 문을 열었다
이 냄새는 무슨 냄새
시체 썩는 냄새
아니 두 달 전 담아놓고
먹지 않은 김치 냄새
뒤로 넘어갈 것 같다
아니 기절했다

언젠가 들어가게 될 관을 닮은
그때는 냄새도 거부감 없이 받아들이리

열한 시 삼십 분

몇 마리 고양이들 쓰레기봉투에 주둥이를 들이미는
열한 시 삼십 분쯤 골목길은 전등 불빛 아래 스산하다
하루도 빠짐없이 다니는 길인데도 왠지 불안하다
내 앞에서 느닷없이 전파상 간판 옆 내리꽂힌
석영색 벽돌 집 담벼락 그 중간에 걸린 섬광으로 인해
급하게 스마트 폰을 들었다 남동생을 불러내기 위해

4

無色透明

내 마음 안에서 냄새가 난다 긴꼬리제비나비 냄새
나는 긴꼬리제비나비 냄새를 밀어낸다
내 마음 안에서 냄새가 난다 녹색박각시 냄새
나는 녹색박각시 냄새를 밀어낸다
내 마음 안에서 냄새가 난다 홍줄노린재 냄새
나는 홍줄노린재 냄새를 밀어낸다
내 마음 안에서 냄새가 난다 흰개미 냄새
나는 흰개미 냄새를 밀어낸다
내 마음 안에서 냄새가 난다 봄처녀하루살이 냄새
나는 봄처녀하루살이 냄새를 밀어낸다
내 마음 안에서 냄새가 난다 꽃하늘소 냄새
나는 꽃하늘소 냄새를 밀어낸다
내 마음 안에서 냄새가 난다 흰무늬왕불나방 냄새
나는 흰무늬왕불나방 냄새를 밀어낸다
내 마음 안에서 냄새가 난다 황라사마귀 냄새
나는 황라사마귀 냄새를 밀어낸다
마음 안 이 냄새 저 냄새 세상 모든 냄새들을
깔끔하게 밀어내고 있다 온갖 냄새들을 현재까지도

참나

침대 안에 있다 침대 밖에 있다 밤에는 슬프다고 말했다
침대 밖에 있다 침대 안에 있다 낮에는 기쁘다고 말했다
침대 안에서 조용히 앉아 있다
침대 밖에서 고요히 앉아 있다
효용성 있는 효율 없는 시간들을 위해
침대 밖과 안에서 생각했다 생각하지 않기 위해 사유했다
또한 예민하지 않기 위해 예민하게 반응했다
또다시 반응했다 반응하지 않기 위해 몸을 빠르게 움직였다
힘이 들지 않다고 어느 순간 힘을 들이다보니 매우 힘들었다
실패는 없다고 실패하지 않기 위해
나 자신을 축으로 눈을 가늘게 뜨지 않기 위해 나름 애썼다
그래 침대 밖이든 침대 안이든 생각하자 우울하지 않기 위해
우울 씨를 밀어내며 조울 씨 옆에서 나는 나를 기다린다
오고 있는 걸까 그 모습은 보이지 않고 발자국 소리만 들리는 참나

서비스센터

고개를 숙였다 고개 숙일 일을 줄이기 위해 노력하다
며칠 전 머리를 숙였다
오늘도 숙였다 책잡힐 일을 만들지 않기 위해
노력했지만 또 수그렸다
내일도 또 고개 숙일 일이 생길까
그런 일을 만들지 않기 위해 항상 노력하고 있지만
거듭 숙여야만 하는 머리 숙일 일이 자꾸 생긴다
오늘도 고개 숙일 일을 만들지 않기 위해 노력한다
하지만 머리 숙일 일이 또 생긴 걸까
사무실 전화통에서 불이 날 정도로 벨소리가 울려 퍼지고 있다
고개 숙여야할 일이라면 피하지 말고 숙이자
허리를 굽혀 예를 갖추자 머리를 숙일 고객 앞에서
가파른 고개를 넘기 위해선 반드시 고개 숙여야 한다

연초록 행성에서 온 요리사

파랑대문을 열고 들어가면 귀에서 파랑파랑 일렁이는 소리 들린다
빨강대문을 열고 들어가면 빨갛다 빨강은 여자의 빨간 립스틱이다
노랑대문을 열고 들어가면 노랑은 노란 나비 아니 노란 잠수함이요
하양대문을 열고 들어가면 하양은 동네 아저씨 하양하양 백구두다
까망대문을 열고 들어가면 까망은 몸을 던지고 싶은 까만 절망이다
파랑파랑 빨강빨강 노랑노랑 하양하양 까망까망 문들을 밀고 들어가면
빛을 닮은 광선검과 연초록 행성 사이 바다와 아이들과 별장이 보인다
그러다 남색 문을 열고 밖으로 천천히 나왔다 조금은 혼란스러웠지만
그곳에 앉아 붉은 딸기를 씹어 먹으며 파랑 빨강 노랑 하양을 지웠다
그 뒤 검정검정검정을 불렀지만 대답 없는 검정으로 인해 속을 끓이다
날씬하지 않은 뚱뚱한 색깔들로 인해 마음 복잡했고 미각을 잃고 슬펐다
그는 언제 다시 빨주노초파남보 색색의 빛깔을 식재료로 삼아 으으 음
14평 공간에 조리기구들을 살뜰히 갖춰놓은 주방에 다시 설 수 있을까

寂然無聞

라다크를 다시 쓰고 목구멍을 쓰자 쓴다 쓰다보면 열리나니
먼저 가려고도 하지 말고 뒤에 처지지도 말고 쓰자 또 쓰자
한계와 초월을 반전을 쓴다 무언가를 쾅 터뜨릴 것처럼 쓰자
나는 쓰고 있다 검독수리를 보면서도 쓰고 낙타를 바라보면서
빌리에 드릴라당과 옆집 여고생을 보면서도 오리를 향해서도
직선을 보면서도 곡선을 보면서도 네가 사라진 의자에 앉아서
흔들리면서도 쓰고 안정적인 자세에서도 쓰고 신문을 보면서도
쓴다 쓰고 있다 열정을 쓰고 향기로움을 쓰자 쓴다 쓰고 있다
삶이 끝날 때까지 순간순간을 쓰자 시가 오는 그 감흥을 위해
쓰자 쓰고 또 표적이라고 쓰자 냄새라고 쓰자 융통성 없이 쓴다
불꽃이 번쩍 튈 때까지 또한 삶의 아이러니를 쉬지 말고 써나가자
느리게 와도 쓰고 빠르게 와도 보기 어렵고 깨닫기 힘들다고 해도
생각을 초월해 심원한 지혜로 寂然無聞한 세계를 받아들이며 쓰자

寂然無聞: 아무 소식도 없이 감감한 상태를 말함

무좀

어디 그 어디에 숨어 있을 것 같은
어디 그 어디쯤인가
음삼한 기억으로 숨을 쉬고 있는
매우 가려웠던 그 어딘가를 나는 기억한다
맨홀 뚜껑 밑이었을까
보도블록 아래 그 아래 어디쯤이었던지
또렷하진 않지만
그 기억은 내 안에 있다

어느 날 고름이 흐르는 엄지발톱을
펜치로 뽑았던 통증처럼

감자

희디 흰 그 살결은 너무 곱다
으윽 감자를 바라보게 되면
눈을 맞추고 깊은 입맞춤을 하고 싶다
입 안에 넣고 씹게 되면
달다 입천장에 와 닿는 거부할 수 없는
붉은 맛 파란 맛 노란 맛
그 어떤 맛도 이 맛은 넘어설 수 없어
이와 혀 입천장에서 목구멍까지
오늘은 맛에 익사할 것 같은 황홀한 날

스콜피온 기관단총

총을 쐈다 한 발은 왼쪽 눈을 향해 쐈다
총을 쐈다 두 발은 코
총을 쐈다 세 발은 오른쪽 귀
총을 쐈다 네 발은 목을 향해
총을 쐈다 이번엔 가리지 않고
탄창에 든 총알이 소진 될 때까지
무차별 그 어떤 무엇도 가리지 않고
총을 난사하였다
가끔은 무조건 방아쇠를 당기고 싶다
방아쇠를 당길 이유가 없음에도
갈고리눈으로 그는 사격을 감행했다
아무런 이유가 없을 때도
그는 이유 같지 않은 이유를 만들어
기관총을 마구 쏴댔다
이번엔 평소 그와 떨떠름한 관계였던
김가 이가 정가를 향해
스콜피온 기관단총은 분노의 불을 뿜었다

음험한 둥지

꿈을 꾼다 동굴에서
출구가 보이는 꿈을 꾸기 위해
그 깊은 곳에서 잠에 빠져 있다
풀과 나무도 자라지 않고
음험한 박쥐들만 떼 지어 날아다니는
창문도 없는 어둔 곳에서
그는 빛이 들고 새가 우는 둥지를 찾아
오늘도 잠에 빠져 지낸다
그곳에서 벗어나기 위해

느린 시간

실개천이 자그마한 피라미를 품었다
가마솥이 닭다리를 삶았다
디지털이 느린 시간을 먹었다
벗어나고 싶다 먹고 먹히는 일상
모두 다 잘 먹고 잘 살 수는 없는 걸까
그런 방법은 여태껏 보지 못했다
앞으로는 가능할까 가능하리라고 본다
새로운 낙원을 만들 수만 있다면
문을 닫고 그렸다 유토피아를

미묘하다

밟았다 고양이와 송아지 꼬리
돼지 꼬리와 염소 꼬리도
꼬리를 밟았다
밟는 순간
찌릿하다고 느끼지만
밟히는 건
전혀 다르게 다가온다

밟는 자와 밟히는 차이
그 느낌이 어떨까

기다려 본다 기다려 보기로 했다

무릉도원 카페

월요일 여자는 장미에 있다
화요일 여자는 능소화에 있다
수요일 여자는 맨드라미에 있다
목요일 여자는 조록싸리에 있다
금요일 여자는 하늘말나리에 있다
토요일 여자는 바위채송화에 앉아 있다

일요일 여자는 커피를 마시지 않고
집에서 녹차를 마신다

소풍

소들이 우르르 무리를 지어
염소도 떼를 지어서 간다
그들 모두가 가고 있다
가을볕 매우 좋아
네 발 달린 짐승들이 걸어간다
소들이 간 뒤에
그들 뒤를 좇아
염소와 두 발 달린 사람들도
이유는 없다
굳이 이유라고 하면 좋아 그저 좋아

가을볕 너무 좋아 소풍을 간다

바람

누군가 칼을 들고 실바람
누군가 칼을 들고 남실바람
누군가 칼을 들고 산들바람
누군가 칼을 들고 건들바람
누군가 칼을 들고 된바람
누군가 칼을 들고 센바람
누군가 칼을 들고 큰바람
누군가 칼을 들고 큰센바람
누군가 칼을 들고 노대바람
누군가 칼을 들고 왕바람을 찌르고 있다

무수히 찔리고 또 상처를 받아도
말이 없고 반응도 없는

저 바람은 어디에서 오는 걸까

바람에게 바람이 오는 길을 묻고 싶다
네 바람을 모른다고 외면하는 바람에게

訃音

기와집과
빌딩들이 땅속으로 꺼졌다
나무들과
자동차가 바다 속으로
까마귀와
도서관이 네 파란 눈알 속으로
오토바이와
열두 마리 개들이 태양계 바깥으로
피아노와
첼로가 강물 속으로 사라졌다

꺼졌다 푹 꺼졌다 사라졌다
끄집어내 되살리고 싶다

명을 다해 쓰러진 것들을

춘곤증

엄지발가락이 무겁다 발가락이 매우 무겁다
검지발가락이 무겁다
중지발가락이 무겁다
인지발가락이 무겁다
새끼발가락이 무겁다

봄에는 몸이 무겁다
나른하다

봄은 나른하게
혹은 가볍고도 무겁게 왔다

언젠 떠나간 걸까
저 봄은

발가락도 떠나겠다고
떠날 채비를 차리고 있다

석조건물

반질거리는 원숭이 코를 지그시 눌렀다
반질거리는 그 여자 입술을 응 눌렀다
반질거리는 그 남자 귀를 으응 당겼다
반질거리는 고양이 눈알을 음 응시했다
반질거리는 열대어 지느러미를 잡았다
미끈 빠져나가는 수족관 속 열대어 한 마리
그 순간 마음속에서 꿈틀거리는 무언가 있다
안도감이 아닌 불온한 기운이 잡혔다.

효용가치

네 개의 비닐봉지에 개와 들쥐 오리와 고양이를 주워 담았다

첫 번째 비닐봉지를 십이 층 옥상에서
두 번째 비닐봉지는 십삼 층에서 던졌다

세 번째 비닐봉지는 십사 층에서
네 번째 비닐봉지는 십오 층 꼭대기에서 내던졌다

어릴 때 기차가 지나가다 개를 치고 지나간 것처럼
그것들은 옥상에서 휙 던져져 피떡이 됐다

피떡 닮은 개떡 같은 생은 이런 걸까

뉴요커

몰랐다 몰랐다 몰랐다 몰랐다 몰랐다 몰랐다 몰랐다 몰랐다
뉴요커 뉴요커 뉴요커 뉴요커 뉴요커 뉴요커 뉴요커 뉴요커
내가 들려준 이야기들을 그들은 모른다 전혀 알아듣지 못했다
알아들을 필요가 없는 이야기다 그랬다 그랬다 그랬다 그랬다
하지만 그렸다 음 그렸다 음 그렸다 으음 그렸다 응 그렸다
뉴요커 뉴요커 뉴요커 뉴요커 뉴요커라고 부르는 불리는 그를
몰랐다 몰랐다 몰랐다 몰랐다 몰랐다 몰랐다 몰랐다 음 몰랐다
뉴요커 뉴요커 뉴요커 응 뉴요커 뉴요커 뉴요커 뉴요커 뉴요커
그와 그것들에 대해 어떻게 해야 할지 몰랐다 알 필요가 없었다
아빠와 삼촌만 아는 안다고 느낀 비밀 같지 않은 비밀이었으므로

검정단추

까맣게 빛나는 단추를 재킷에 달다
손가락을 바늘에 찔려
왼쪽 검지에서 송글송글 피가 솟았다
입에 물고 빨았다
피가 멈출 때까지 쪽쪽
알사탕을 빨아 먹을 때처럼
아무도 없는 방바닥에 앉아
잉잉 울지도 못하고
다섯 살 때 일이다

佛法僧

바닥에 납작 엎드린 채 잔뜩 웅크린 네 안의 저 짐승들
아주 크다 아주 작다 크다 큰 짐승이다 작다 작은 짐승
키가 크다 큰 짐승이다 키가 작다 키 작은 짐승들이다
크르릉 크르릉 거리며 네 앞으로 다가와 발바닥을 핥다
꽉 물겠다고 덤비는 짐승을 냅다 걷어찰 건지 말 것인지
아님 뜯어 먹으라고 오른쪽 발바닥을 내밀까도 생각했다
짐승은 죄가 없다 아니 죄가 있다 그런 까닭에 복잡했다
아무래도 너는 지금 이 시간부터 동물들을 잡아야만 한다
그러다 포기했다 길들일 수 없는 본능을 본 연유로 인해
단조롭지만 너는 그냥 그저 이 길을 쉬엄쉬엄 가기로 했다
사람을 지켜야 한다는 확신이 네 속에서 솟구쳐 오른 까닭에

파랑 밤

까망 밤이 파랗게 파르스름한 밤으로 변했다가
또다시 은색 밤에서 혹은 금색에서 하양 밤으로
그 순간 차갑게 보이는 건물 모서리를 돌아
눈을 깜박이며 긴 허무로 들어갈 수 있을까
그래 나는 그곳이 폐허라고 해도 손에 쥐게 되면
이내 허물어진다고 해도 바로 찾아 갈 것이다
매우 충동적인 청동과 노랑 루비색 사이에서
나는 과거를 짓밟고 가학적이라고 해도 간다
반짝이는 유리조각과 수많은 연옥색 모자가
그 자리에 떨어져 구르고 어둠과 빛이 공존하는
나 자신이 그곳에서 무엇을 느끼고 볼 것인지
그 장소가 나를 실망 시킬지는 알 수 없지만
늘어졌다 축 늘어지기를 반복하면서 흐흐 때론
등을 구부리기도 하면서 엎드린 채 날아간다
두렵다는 생각을 훅 날려버린 뒤 흥 흥 흥 흔
나 자신을 나 스스로 믿을 수 없어 없다고 해도

다른 나라 식물원

긴 혓바닥을 날름이며 무한천공을 핥으면
신선하지도 생동감이 느껴지지도 않는
꽃과 나무들 숨 쉬는 소리로 인해
혓바닥은 캄캄하고 슬픔에 겨워
이 자리를 과감히 벗어나고 싶다
고함이라도 지르고 싶은 괴로운 시간임에
그곳을 바로 뚫고 나갈 기세다

5

공간

이곳은 크림색 공간이 아니다 저곳도 역시 크림색 공간이 아니다
그래 이곳도 크림색 공간이 아니고 저곳도 크림색 공간이 아니다
아니다 그래 아니다 이곳과 저곳 모두는 너희들 공간이 아니다
그렇다 크림색 공간이 아니다 저기 저 공간은 정말 아니다
이곳과 저곳은 크림색 공간이 아니어야 한다 크림색 공간이 아니다
이곳은 내가 친구들과 술 마시고 담배 피우며 노는 곳이다
이곳은 연한금색 공간이다 아니 연한금색 공간이 아닌 피눈물이요 쓴웃음이다
저곳은 연한금색 공간이다 아니 공간이 아닌 쾌락이요 즐거움이다
이곳은 나에게 연한금색 공간이 아닌 無漏며 시적인 순간이다
연한금색 공간이 아닌 斷惑이고 순간순간이 내가 흘린 땀방울이다
내게 이 공간과 저 공간은 현실 속 답답한 상황을 벗어날 기회
오로지 無爲일 뿐이다

밖

마구 뒹구는 콜라병처럼 보이지 않는 밖을 향해 뛰었다 뛰고 또 또 뛰었다
그러나 창이다 밖을 향해 밖으로 나가려고 하면 다시 두꺼운 진회색 창이다
창을 뚫고 나가기 위해 해머를 들고 창을 과감히 부순 뒤 밖으로 뿅 나왔다
하지만 또다시 창이다, 창이다, 회색 창이다, 창이다, 창이다, 창, 거대한 창
누가 나의 밖을 가져간 걸까 누군가 내게서 갑자기 밖을 확 빼앗아 간 걸까
나는 지금 이 순간에도 출구를 향해 간다 그러다 두 시간 삼십분이 지나갔다
그렇게 창은 열리지 않는 서랍처럼 내게 밖으로 나가는 걸 허락하지 않았다
하지만 쿵쿵 쾅쾅쾅 좋아하지 않는 싫어하는 것들을 물리치기 위해 발을 굴러
아니 푸른빛처럼 창 아래로 스며들어 10초 후 20초 30초 후 십년 이십년 뒤
아픈 곳을 찌르고 마구 흔들어서라도 나갈 것이다 10센티미터 20센티미터라도
밖을 향해 나갈 수만 있다면 진정 포기하지 않고 벌벌 기어서라도 갈 것이다

생의 지문

손바닥 안에서 찾았고
발바닥 안에서 찾았다
손바닥 안 사라진
발바닥 안에서도 볼 수 없는
그들 무리는 어디로 몸을 숨긴 걸까
손바닥 밖으로 튀어 나왔다
발바닥 밖으로 나왔다
내일도 그 다음 날도
발바닥과 손바닥을 위해 슬퍼하지 못한 까닭에
그들 손바닥엔 손금을
발바닥엔 새로운 발금을 새겨 나갈 것이다
직립보행인 인간들을 찾아내
삶의 의미가 없었다면
없던 의미에 또 다른 의미를 부여해서라도
새로운 생을 살아가게 할 것이다
스위치를 넣으면 환하게 불이 들어오는 백열전구처럼

햇살 피아노

강에는 ㅍㅍㅍㅍㅍㅍㅍㅍㅍㅍ
강에는 vvvvvvvvvvvvvvvvv
강에는 iiiiiiiiiiiiiiiiiiiiiiiiiiiiiiiiiiiii

물고기 비늘처럼
물고기 눈알처럼
물고기 등지느러미처럼
물고기 심장처럼 빛이 파닥인다

ㅍㅍ ㅍ ㅍ ㅍㅍ ㅍㅍ 웃는
v v S S로 수면 위 퍼지는
iii로 정신없이 마구 꽂히는 빛살

누군가 봄볕을 끌어 모아
햇살피아노 건반을
강심 위에서 두드리고 있다

뒤

그는 뒤통수를 바라보고 있다
사내의 납작한 뒤
그는 뒷골을 보고 있다
여자의 찰랑거리는 뒷머리
그는 여자와 사내 뒤통수에 매달리고 있다
앞이 아닌 뒤만 본다
어제도 그랬고 그제도 그랬으며
오늘 또한 그랬다
그런 연유로 내일 또한 그럴 것이다
미루어 짐작해 본다
그에게 뒤는 어떤 의미일까
이마와 이마를 맞댄 채
알 수 없는 누군가 툭 치고 지나간 뒤통배기에 대해
눈알을 열한 시에서 열두 시 방향으로 굴리는
그에게 확인해봐야 할 것 같다
보이지 않는 사라진 기억 같은 뒤

비정규직의 슬픔

네가 그 자리에 서 있게 되면 그가 세 시간 전쯤 그곳으로 간다고 했다
하지만 너는 010077 카페 앞에 그대로 서 있었고
간다고 한 그는 가지 않았다 세 시간 전에 출발한다고 한 그가
그곳으로 전화도 하지 않고 가지 않았음에도
그가 네 서 있는 고비사막과 같은
그곳에 간 것처럼 보인 건 어떤 이유였을까

가끔은 사물이 심하게 흔들리며
파랑사각형인데 노랑삼각형으로 보이기도 했지만
간다고 하고 가지 않은 그와 지금도 그 자리에 서 있는 그 사이에서
나는 선 채로 일을 했고 시간 당 6천원의 노임을 받았으며
그 돈으로 라면과 쌀을 샀다

그러다 내가 일을 하는 동안
그 일을 좋아하지 않는 나 자신은 누구일까 생각해봤다
어떤 이는 세상을 바꾸기 위해선 열심히 일을 해야 한다고 주장했지만
나는 순간순간 단순한 일에 염증을 느껴
마구 싫어진 노동에서 벗어날 궁리만 한다

계속해서 이 일을 해야 하는 걸까
오늘도 저급한 일을 하면서 강한 회의가 들었으며
한편으론 나 자신을 10그램 혹은 100그램씩 잘라내
재래시장 좌판에 올려놓고 싸구려로 파는 느낌에 괴로웠다
그러다 비전 없는 일에 빠져 사는

다수의 하고잡이들을 보면 그냥 미간을 찌푸리게 된다

내 눈에 보이지 않는 사물들이 흥분해

이제 지겨운 일은 그만 하시오라고 말을 한 것 같다

나는 그렇게 들었다 귀로 들은 건지

마음에 새긴 것인지 나는 네게 말할 수 없지만

일을 하는 12시간 동안 나는 내가 아니었던 걸까

나 자신에 대해 나는 확신을 갖지 못했다 나 스스로를 뒤집어 봤지만

존재하는 것과 존재하지 않는 것에 대해 느낀다고 말할 수 없다

분명한 사실 하나는 자본주의 체제에서 종내는 사라질

돈으로 사고 팔 수도 없는 것들에 대해 지금 이 자리에 실재 하지만

그것들에게 도움을 줄 수 없고 받을 수도 없다는 사실에 괴로울 뿐이다

봄밤은 잉어 이빨이다

등지느러미
번뜩이는 비늘
말간 눈동자
비죽한 수염
할딱이는 잉어 아가미처럼

W Y K V 자로 꽃잎이 갈라진
봄밤 새하얀 목련은

앵돌아서 비죽 내민 여인네 입술
아니 잉어 이빨을 닮았다

세탁기

세탁기에서 소년이 나왔다 소녀도 나왔다
세탁기에서 할배가 나왔다 할매도 나왔다
세탁기에서 삼촌이 나왔다 아재도 나왔다
세탁기에서 빨강 옷이 나왔다
세탁기에서 노랑 옷이 나왔다
세탁기에서 파랑 옷이 나왔다
세탁기에서 검정 옷이 나왔다
세탁기에서 하양 옷이 나왔다
세탁기는 소년이다 세탁기는 소녀다
세탁기는 할배다 세탁기는 할매다
세탁기는 삼촌이다 세탁기는 아재다
세탁기는 소년도 소녀도 아니다
세탁기는 할배도 할매도 아니다
세탁기는 삼촌도 아재도 아니다
세탁기는 아니다 아니다 아니다
세탁기는 세탁기다 세탁기는 세탁기
세탁기는 그저 세탁기일 뿐이다
그래 그렇다 아니 내 알 바 아니다

관찰자

요즘 기중기들은 전화기와 돋보기에 의해 작용 되지 않고
요즘 전화기와 돋보기는 기중기에 의해 작용 되지 않는다
요즘 양탄자는 전화기와 돋보기에 의해 작용 되지 않고
요즘 전화기와 돋보기는 양탄자에 의해 작용 되지 않는다
요즘 문방구는 전화기와 돋보기에 의해 작용 되지 않고
요즘 전화기와 돋보기는 문방구에 의해 작용 되지 않는다
요즘 발명품들은 전화기와 돋보기에 의해 작용 되지 않고
요즘 전화기와 돋보기는 발명품에 의해 작용 되지 않는다
요즘 트라이앵글은 전화기와 돋보기에 의해 작용 되지 않고
요즘 전화기와 돋보기는 트라이앵글에 의해 작용 되지 않는다
그럼 작용 되는 건 뭘까 작용 되는 것과 작용 되지 않는 사물
멀리서 다가온 무정한 것들을 불러 모아 그것들을 관찰했다

낮잠

비가 내린다
비를 하염없이 바라본다
비가 온다
비를 쉼 없이 바라본다
라면을 끓여
공기 밥 한 그릇과 먹었다
비가 쏟아진다
내리는 비
비를 본다
비를 본다
비를 본다
빗줄기에 눈길을 거두지 못한 채
비를 본다
내리는 비를 바라보다
빗소리와 함께 낮잠을 잤다
내 안에 혼곤한 비가 있다

몽상 탈출

네 안에서 어느 날 깨졌으며 그 안과 그들 안에서
깨진 관념들이 자라고 있다 내 안에서 으깨진 상념
그 안과 그들 안에서도 부서진 조각들이 자라난다
며칠 전 손톱깎이로 잘라낸 손톱과 발톱이 자라나듯
몽상도 내 안과 그 안 그들 안에서 새로운 모습으로
다른 목소리를 내려고 하는 걸까 심적형상이 자란다
두 달 전 이발소에서 짧게 자른 머리카락이 자라난다
망상도 네 손톱과 발톱과 머리카락처럼 자라고 있었다
오늘 지금 이 시간이후부터 망념에서 벗어나려고 한다
두려운 마음은 없다 불안한 마음을 날리자 딩동뎅으로

凝視

눈물을 바라본 뒤 파란 눈알을 그린다
빗물을 바라본 뒤 검정고양이를 그린다
콧물을 바라본 뒤 옆집 처녀를 그린다
구슬을 바라본 뒤 청날개애메뚜기를 그린다
이슬을 바라본 뒤 북방잠자리를 그린다
솔개를 바라본 뒤 솔개 가슴을 그린다
진눈깨비를 바라본 뒤 무덤을 그린다
군복을 바라본 뒤 군화를 그린다
빛을 바라본 뒤 화살을 그린다
오늘 아침에 그것들을 바라보다
나 자신은 들여다보지도 못한 채
시간을 흘려보냈다

심심파적

17층 창에서 떨어져 내린다
한 마리 고양이가
17층에서 11층 사이
바로 추락도 못한 채
그저 마냥 떨어지고만 있다
언제 1층 바닥에 낙하할지는
그 누구도 모른다
느리다 너무도 느리다 하지만 응시한다
너무 높은 곳에서 야옹이는 하강 중이다
아래로 아래를 향해
그러다 허공 중 멈춘 걸까
이제 겨우 11층이다
죽고 싶어요 죽고 싶다는 야옹이 울음에
그래 심심하던 중 구경거리가 생겼으니
마지못해 바라봐줄 것 같은 심경인지
1층에선 푸들 한 마리 10층을 향해 마구 짖어댄다

빨간 벽돌 창고

1940년에 창고를 지었다
공장에서 생산된 붉은 벽돌 1939년산으로
그러다 폭격으로 창고가 허물어졌다
2001년쯤엔 벽돌이 하나 둘 셋 대부분 깨졌다
비가 내렸다
차가운 바람이 분 뒤 따뜻한 바람이 불었다
시간이 지나갔다
몇 십 년이 한순간에 흘렀다
ㅍ ㄷ ㅍ ㄷ ㄷ 새가 날아갔다
1940년에서 2001년 새
수많은 새들이 적 벽돌 창고 터 위로 날아다녔다
수삼 년이 더 흐른 뒤
몇 그루 은행나무 가지 위 흰눈썹황금새가 지저귄다
아이들은 무너진 벽돌 더미 아래 놀고 있다
그렇게 창고는 우리들 기억 속에서 사라지고 있다
전에는 역사로 기차가 들어오고
인부들이 하역을 하던
그곳이 지금은 몸을 나타내 보이면 안 될 것 같은
땅주인이라고 권리를 주장하는 친일파 후손과
삶에 아무런 위안도 주지 못하는
왕사슴벌레 몇 마리와 지렁이만 눈에 띌 뿐이다

헬스클럽

여자는 안에서 안을 향해 걷고 있다 안으로 안을 향해
그런 까닭에 여자는 안에 있다 안에서 걸어가고 있다
젖은 눈도 아니고 부은 얼굴도 아닌 몸 상태로 걷는다
안을 향해 천천히 또는 빠르게 걷고 있다 계속 걷는다
아무것도 아닌 아무것도 아닌 것이 아닌 안에서 걷는다
여자는 안에서 안락한 안이 좋아 안에서 으음 걷고 있다
전에도 걸었고 지금도 걷고 있다 안에서 쉼 없이 걷는다
보이는 보이지 않는 안을 향해 걷고 있다 걷는다 여자는
내 안과 그 안 흐릿한 우리들 눈앞에서 여자는 걷고 있다

크라운 분수

물이 흐른다 귀에서 물이 흐른다
물이 흐른다 코에서 물이 흐른다
물이 흐른다 눈에서 물이 흐른다
물이 흐른다 입에서 물이 흐른다
물이 흐른다 목에서 물이 흐른다
귀에서 흐르는 물을 기다렸다
코에서 흐르는 물을 기다렸다
눈에서 흐르는 물을 기다렸다
입에서 흐르는 물을 기다렸다
목에서 흐르는 물을 기다렸다
귀에서 흐르는 물을 감상한다
코에서 흐르는 물을 감상한다
눈에서 흐르는 물을 감상하고 있다
입에서 흐르는 물을 감상하고 있다
목에서 흐르는 물을 삼상하고 있다
그러다 귀 코 눈 입과 목에서 흐르는 물을 향해
여기가 어딘지 맑은 물이 물었다
하지만 흐르는 물은 모르고 있다 어디에서 발원하여
어느 곳을 향해 가는 것인지
바다로 흘러가지 못하고 빙빙 도는 것을 전혀 모른다

3월은 슬펐다

입술에 묻은 초콜릿을 닦아내며 3월은 슬펐다
눈을 감았다 지그시 눈을 뜬 뒤에도 3월은 슬펐다
손거울을 들여다보다 미래를 알 수 없어 3월은 슬펐다
찢어진 커튼 새 빛이 들어왔을 때 3월은 슬펐다
새장 안에 갇힌 호랑지빠귀를 바라보다 3월은 슬펐다
노랑머리인형을 바닥에 떨어뜨린 소녀처럼 3월은 슬펐다
일어서서 걸을 수 없는 다리가 잘린 사내처럼 3월은 슬펐다
색깔 없는 미루나무 긴 그림자 앞에 섰을 때 3월은 슬펐다
보풀이 일어나지 않는 스웨터를 입었을 때처럼 3월은 슬펐다
울지 않는 울 수 없는 애완견을 품에 안았을 때 3월은 슬펐다
방 안에서 물이 질질 새는 것 같은 소리를 들었을 때 3월은 슬펐다
괴이한 행동으로 네가 지쳐가는 모습을 보일 때 3월은 슬펐다
잡을 수 없는 신기루 같은 감흥으로 인해 3월은 매우 슬프다

불모지대

그 여자 몸에다 사과나무를 심었다
그 여자 몸에다 감나무를 심었다
그 여자 몸에다 배나무를 심었다
그 여자 몸에다 밤나무를 심었다

튼실하게 자란 나무 옆에
내가 있고 그녀가 있다

그러나 네 옆 나무가 없는 여자
나무를 심어도 자라지 않고

열매가 열리지 않는 그곳은 불모지대
그녀에겐 아이가 없다

예술

부족하다 또한 부족하다
모자라고 또 모자라다

부족하다 또 또 부족하다 부족한
매우 모자라다 모자라다고 생각했다

역부족이다 그렇다 너무나도 모자란
채울 수 없는 행위

늦가을

바람이 날린 칼질에 등짝이 다 부서졌다
살점도 전부 떨어져 나갔다
너는 왜 거기에 있는 거니
나는 왜 이 곳에 있는 걸까
너와 내가 지금 있어야 할 곳은
어딜까 정녕 어디인지
그곳은 너도 모르고 나도 모른다

허기와 포만감

하루는 배가 고프고 이틀 동안은 배가 부르다
이틀은 배가 고프고 사흘 동안은 배가 부르다
사흘은 배가 고프고 나흘 동안은 배가 부르다
나흘은 배가 고프고 닷새 동안은 배가 부르다
닷새는 배가 고프고 엿새 동안은 배가 부르다
엿새는 배가 고프고 이레 동안은 배가 부르다
이레는 배가 고프고 여드레 동안은 배가 부르다
먹을 수 없는 잔뜩 먹을 수 있는 그 경계에서
너는 검정이고 나는 하양에 가깝고 그는 빨강이다

잠자리는 잠자리다

잠자리에서 두 마리 잠자리를 네 안에 그린다
허공을 날 때마다 날개를 심하게 팔랑이던
보이지 않는 무심 무늬를 좇아
방울실잠자리와 왕잠자리 날 때마다
너는 드넓은 하늘을 향해
컥 컥 숨 가쁘게 기침을 했다
그 소리에 공중으로 날아오르던
잠자리 두 마리는 날개를 파르르 떨고 있다
방울실잠자리가 위험하다고 말했다 왕잠자리도
허공 문에 부딪혀 무한허공으로 진입할 수 없다고
굳게 닫힌 은색 문 안으로 들어서지 못한 채
날개만 쉼 없이 팔랑이고 있다고
허공에 새겨놓은 무늬를 좇아 잠자리는 비행한다
하지만 너는 지금도 기침을 멈추지 못한 채
한쪽 날개가 유난히 짧아 기형인 방울실잠자리를 생각한다
쿨럭쿨럭이는 기침에 사로잡힌 네 몸으로 인해
정신이 번쩍 들면서 잠자리는 멀어지고 있다
그대로 추락하고 말 것인가 저 잠자리
울림이 없는 날갯짓으로 인해
천공을 통과하지 못한
잠자리 두 마리 날자마자 낙하하고 있다
그날은 너도 편히 잠들지 못했다

발가락 같은 눈

손톱 같은 눈 손등 같은 눈 손바닥 같은 눈 손가락 같은 눈
손금 같은 눈 발가락 같은 눈 발등 같은 눈 발뒤꿈치 같은 눈
발바닥 같은 눈 발금 같은 눈 발톱 같은 눈 코딱지 같은 눈
귀지 같은 눈 콧물 같은 눈 주루룩 한 방울 눈물 같은 눈

마당에 쌓인 눈을 빗자루로 쓸어 담다
따뜻한 홍차 한 잔이 생각나
거실로 자리를 옮겨 소파에 앉았더니

손톱 같은 눈 손등 같은 눈 손바닥 같은 눈 손가락 같은 눈
손금 같은 눈 발가락 같은 눈 발등 같은 눈 발뒤꿈치 같은 눈
발바닥 같은 눈 발금 같은 눈 발톱 같은 눈 코딱지 같은 눈
귀지 같은 눈 콧물 같은 눈 주루룩 한 방울 눈물 같은 눈

그것들도 함께 마시겠다고 아우성이다
언제 나를 쫓아 들어온 걸까

손톱 같은 눈 손등 같은 눈 손바닥 같은 눈 손가락 같은 눈
손금 같은 눈 발가락 같은 눈 발등 같은 눈 발뒤꿈치 같은 눈
발바닥 같은 눈 발금 같은 눈 발톱 같은 눈 코딱지 같은 눈
귀지 같은 눈 콧물 같은 눈 주루룩 한 방울 눈물 같은 눈

눈 눈 눈 눈 눈 눈 눈 눈 눈 눈 하늘과 거리엔 온통 눈이다
10,008개 백색 군단 병사들이 적과의 일전도 불사하겠다는 듯 도열해 있다

인지

화이트 아웃

1판 1쇄 인쇄 2017. 7. 10.
1판 1쇄 발행 2017. 7. 15.

발행처 도서출판 문장
발행인 이은숙

등록번호 제 2015.000023호
등록일 1977. 10. 24.

서울시 강북구 덕릉로 14(수유동)
대표전화 | 02-929-9495
팩시밀리 | 02-929-9496

ISBN 978-89-7507-073-0 03810